KANTO DE MEDUZO

Poemaro Verkita De

Verda E. Kim.

詩集

岸曙金億著

目 次

一

二

三

스핑쓰의설음

黃浦의바다

五

六

七

八

九

해파리의 노래.

갓른동무가 다갓치 生의歡樂에 陶醉되는 四月의初旬쎄가 되면은 쎄도업는 고기셩이

밧게 안되는 내몸에도 즐겁음은와서 限잇도업는 넓은바다우에 써놀게됨니다。그러나 自

由롭지 못한 나의이몸은 물결에딸아 바람결에딸아 하옴업시 썻다 잠겻다 할쑨입니다。

복기는가슴의、내맘의 설음과깃븜을 갓튼동무들과합쇠 노래하랴면 나면서부터 말도물으

고 「라임」도업는 이몸은 가이업게도 내몸을내가 비를며 한갓 썻다 잠겻다하며 복갈싸

틈입니다。이것이 내노래입니다、그러기에 내노래는 셜고도 곱습니다。

一

해파리 노래에게

인생에는 깃븜도 만코 슬픔도 만타、특히 오늘날 흰옷닙은 사람의 나라에는 여러가지 애닯고 그럽고、구슬픈 일이 만타。이러한 「세상사리」에서 흘러나오는 수업는 탄식과 감동과 감격과 가다가는 울음과 쏘는 우스음과、엇던쌔에는 원망과 그런것이 모도 우리의 시가 될것이다、흰옷 닙은 나라 사람의 시가 될것이다。

이천만 흰옷 닙은 사람! 결코 적은 수효가 아니다。이 사람들의 가슴속에 뭉치고타는 희포를 대신하야 읍져리는것이 시인의 직책이다。

우리 해파리는 이 이천만 흰옷 닙은 나라에 둥々 써돌며 그의 몸에 와닷는것을음 헛다。그 읍혼것을 모혼것이 이 「해파리의 노래」다。

해판리는 지금도 이후에도 삼천리 어둠첩々한바다 우호로 써돌아 다닐것이다、그리고는 그의 부드러온 몸이 견딀수업는 아픔과 설음을 한업시 읍흘것이다。

二

어듸、해파티、네 설음、네 압흠이 무엇인가 보쟈。

게해년 느즌봄 흐린날에

春園 🔳

머리에 한마듸.

나는 나의 이詩集에 對하야 진말을 하랴고 하지 안습니다、 다만 이가난한 二年동안의

對하야 幸여나 世上의 誤解의 쑤지람이나 밧지안앗으면 하는것이 간절한 다시업는 願望

입니다。

(一九二一──一九二二) 詩作엣努力이라면 努力이라고도 할만한詩集을 世上에 보내게됨에

詩에 對하야는 이러너 저러너 하는것이 아직도 이른줄로 압니다。 그저 純實하게 고

요하게 詩의길을 밟아나아가면 반듯시 理解바들째가 잇을줄로 압니다。

이詩의 排列에 對하야는 年代차례로 한것이 아닙니다。 그동안의 詩篇을 다 모하노흐

면쌔 만흘듯합니다、 만은 詩稿를 다 읽어바리고 말아서 엇지할수업시 現在 著者의 手中

에잇는 것만을 넛기로 하엿읍니다。

머욱 마즈막에 附錄비슷하게 조금도 修正도 더하지아니하고 本來의 것 그대로 붓친

「北의 小女」라는 表題아레의 멧篇詩는 只今부터 九年前의 一九一五年의 것이엿읍니다、하고

그것들과 밋 그밧게 멧篇詩도 오래된것을 너헛읍니다、이것은 著者가 著者自身의 지내

간날의 녯모양을 그대로 보자하는 혼자생각에 밧하지 아니합니다。

엇지 하엿으나、著者인 내自身으로는 대단한 깃븜으로 이處女詩集을 보낸다는 늣을 告

白하여둠니다。

一九二三年 二月四日밤에

故鄕인 黃浦가에서

著　者

五

詩 集

해파리의 노래

(Kanto de Meduzo)

꿈의 노래

七

地下의
南宮璧에게
이詩를보내노라。

八

꿈 의 노래。

밝은 해볏은 말나가는 金잔듸우의
바람에 불니우는 가마귀의나래에 빗나며、
뛰인山에서 부르는 머슴軍의머슴 노래는
머춤업시 내리는落葉의 바람소리에 석기여、
秋收를 기다리는 넓은들에도 빗겨울어라。

只수은 가을、 가을에도 쩨는 正午、
아々 그대여、 듯기좃차 곱은 나즌목소리로、
操心스럽게 그대의「꿈의 노래」들 부르라。

九

읽어진 봄.

첫기러기의 울음소리가 하늘을 울니며

물깃는 따님의얼골이 움물우에 어리울쌔,

거름실은소(牛)를 몰고가는 農軍의싯거리 노래는

압山밋을 감도는 배노래와 함씌들니는

내故鄕의 어린쌔의 그봄날이 그립어。

안개가 다사롭은해벗을 설게도 덥흐며

진달내의 갓핀꼿이 쌀핫케 꿈쌜쌔

桑田가의 낭이캐는 아희들의 흥어리소리가

뜰안에서 어미찻는 병아리소리에 석기는

내故鄕의 어린쌔의 그봄날이 그립어。

파 리.

벤들을 휩쓸어 돌으며、

때도 아닌落葉을 催促하는

부는바람에 좃기여、

내靑春은 내希望을 바리고갓서랑

저멀니 검은地平線우에

소리도업시 달이 올을째、

이러한째에 나는 고요히 혼자서

넷曲調의 피리를 불고잇노랑

내 설 음

綾羅島기슭의
실버드나무의 꼿이
한가롭은 바람에 불니여,
水面에 잔문의를 노흘때,
내설음은 생겨 낫서라。

버들꼿의 香내는 아직도 오히려,
落葉인 나의 설음에 석기여,
저멀니 새팔한새팔한 五月의
하늘끗을 方向도업시 헤매고잇서라。

풀 밧 우.

맛트면 香내나는 풀밧우에
黃金色의 져녁볏이 춤추며
들버레소리가 어즈럽울째,
쏘다시 나는 혼자 늘어서
구름옷에 생각을 보내고잇노랑。

셔서는 삼겨드는 心思와 도갓치
져멀니 구름속에 移動이 자즐째、
어데선지 져녁鍾이 빗겨울니여、
져멀니 먼곳으로 야속케도 心思가 쓸네타。

바다 저便

바다를 건너, 프른바다를 건너

저멀니 머나먼 바다의저便에

그윽하게도 보이는

흰돗을 달고 가는배,┄┄┄┄┄

바다를 건너, 프른바다를 건너

머나먼 저바다의 水平線우으로

쯘지도 아니하고 홀로 가는

언제나 하소연한 나의꿈,┄┄┄┄

달과 함께。

조는듯한 燈불에 덥히운

倦怠의 都市의밤거리에

고요하게도 눈은 내리며 싸여랑

人跡은 끈기고

눈이 멋츨째、

보라、이러한쌔에、깁고도 넓은

끗도업는 밤바다에

하얏케도 외롭은빗을 노흐며、

달은 혼자서 方向업시 아득이면서

하늘길을 것고 잇서라。

고요한 밤거리에는

읽어진꿈과도 갓게

곱게도 燈불이 졸고 잇서랑

배ᄋ

숫도업는 한바다우를
밋음성도 적은 사랑의 배는
흔들니우며、 나아가나니、
그러나마 微笑를 띄우고
것츨게 춤추는
푸르고도 깁흔 한바다의 먼길을
애닯게도 다만 혼자서、
사랑의 배는 나아가나니、
아아 머나먼 그꿋은 어데야。

희미한달에 빗최여 빗나며, 어둡은

못물을 한바다우를 때는 나아가나닝

갈 매 기

봄철의 芳香에 醉한
웃으며 뛰노는 바다우를
하얏케도 써도는 갈매기。

이즈러지는 저녁해가
고요히 남은볏을 거둘을쌔、
어둡어가는 바다우를
하얏케도 써도는 갈매기。

소리도업시 잠잣코 넘어가는

져녁바다우에 혼자서 슬어지는

어린날의 黃金의꿈은

하얏케도 떠도는 갈매기와도갓치……

읽어지는 記憶。

고요한밤의、 고요히 쉬는바다우에
빤듯거리는 별의 희미한빗과도 갓치、
아름답은 녀름의 온갓빗을 다 얽은
잇을듯말듯한 香내를 늣는꼿의맘이여。

뛰섬네는 바람의하루밤을 시달닌
明日이면 말나업서질、 생각의꼿의
썰면서 헤치는 적은香내를
곱게도 맛트며、 바리운맘이여、 사랑하여라。

눈

죽은님의　녁우에도　내려오는눈

읽어진사랑의　무덤우에도　오는눈

어린맘의　샛우에도　내려붓는눈

한六月의　낫잠의꿈에도　오는눈

닥치면　보드랍은손낏에도　녹는눈

덥호면　넘어나는　불도　써치게하는눈

지러밟으면　아못抵抗도　업는눈

사기는하여도　限업시　보드랍은눈

님이여, 당신은 눈, 눈은 당신

맘이여, 당신은 눈, 눈은 당신。

가 을

어재는
아릿답게도 첫봄의 옷봉오리가
너의 悅樂가득한 장미의쌤우에
웃음의 香氣를 피우며 써돌앗으나,

오늘은
쓸々하게도 지는가을의 落葉이
너의 떨며 아득이는 가슴의우에
어린꿈을 깨치며, 비인듯 흐터지여랑

해
파
리
의
노
래

二五

해를 여려번 거듭한

地下의 崔承九에게

이 詩를 보내노라。

林檎과 복송아。

林檎은 그빗이 새빨하지요,

그리고 북송아도 그빗이 새빨하지요。

林檎은 속果肉이 희지요、

그리고 복송아는 속果肉이 붉지요。

여긔 林檎과、그러하고 복송아가

다갓지 새빨하게 닉은것이 잇읍니다。

그래요、林檎과갓치 새빨하게 닉은 그대의맘

그러고、복송아과갓치 새빨하게 닉은 나의맘

二七

그대는 林檎, 그러고 나는 복숭아,

둘이함께 읽어진 사랑의 魂을 찾읍시다

安東縣의 밤。

安東縣에 하얀눈이 밤새 도록 내립니다。

곱게도 오늘밤은 눈우에 눕어 잠잣코 잇읍니다。

불사록 갑々한밤은 불사록 희여만 집니다。

安東縣에 보얀灯불은 밤깁도록 쌈박입니다。

쿨리
苦力는 오늘밤도 눈속에 싸여 헤매고 잇읍니다。

불사록 희미한불은 불사록 써질듯만 합니다。

安東縣에 소리업시 내려붓는눈、

安東縣에 속도업시 반듯이는불、

安東縣에 불사록 쓸해지는밤,
내맘에는 하욤업시 눈물집니다。

눈

무겁게도 흐러진 머리털아래의、

灰色구룸이 차재도 하늘을 덥흔듯한、

香내의 흰粉애 얼골을 파뭇고 잇는

겨울의 아낙네여、 그러하고 愛人이여。

써울으며 흐터지는 烟氣의

슬어저가는 한떼의 넷사랑을

無心스럽게도 바라보고 잇는

담배를 픠우는 愛人이여、아낙네여。

엿튼 웃음을 띄우며

맘의 찬입살을 싸밀고 잇는 愛人이여,

날은 흐린 어둑한 十一月의

고요한 져녁의 아낙네여。

愛人을 바리고 가라는 愛人이여,

두겹은목도리를 둘너맨 아낙네여。

믓숙은 겨울、 울겨에도 눈오는때、

맘하여라、 한송이두송이 눈이 내리나니、

하염업시도 셩우에 내리는눈、

사랑과사랑을 둘너싸는눈、

三二

그리하야 눈속에서 맘과맘은 잠들엇서라。

五三

별 나슨 긴

愛人이여、 江으로 가자、 뭇수은 밤、 나실질째다。

愛人이여、 거리로 가자、 뭇수은 밤、 나실질째다。

어둠은 江우에는 빗나는 별이 반듯인다。

어둠은거러에는 빗나는 灯별이 반듯인다。

愛人이여、 江으로 가자、 뭇수은 밤、 나실질째다。

愛人이여、 거리로 가자、 뭇수은 밤、 나실질째다。

愛人이여、 江우에서 고요히 별을 나실자。

愛人이여、 거리에서 고요히 불을 나실자。

愛人이여、 뭇숨은 밤、江으로 가자、나싀질때다。

愛人이여、 뭇숨은 밤 거러로 가자、나싀질때다。

나쓸것갓트면서도 암만해도 못나쓸별。

잡을것갓트면서도 암만해도 못잡을불。

愛人이여、 뭇숨은 밤、江으로 가자、나싀질때다。

愛人이여、 뭇숨은 밤、거러로 가자、나싀질때다。

낫이 되면 별은 숨고만다。

낫이 되면 불은 써지고만다。

愛人이여、 너는 밤의江우에 빗나는별。

愛人이여、 너는 밤의거러에 빗나는불。

너의 맘은 나를것갓트면서도 못나를별。

너의 맘은 잡을것갓트면서도 못잡을불。

愛人이여、 닛수은 밤、 江으로 가자、 나를질째다。

愛人이여、 닛수은 밤、 거리로 가자、 나를질째다。

너의 맘은 낫이 되여도 숨을슐몰으는별。

너의 맘은 낫이 되여도 써질슐몰으는불。

十一月의저녁.

바람에 불니우는

옷벗은 나무수풀토

적은새가 날아갈때、

하늘에는 무겁은구름이 써돌며

져녁해는 고요히도 넘어라。

고요히 섯서、 귀기울이며 보아라、

어득한 설은「悔恨」은 어둡어지는밤과함쇠、

安息을 기다리는 맘우에 내려오며、

빗갈도업시、 핼금한달은 또다시 울으지안는 가

나의 靈이여, 너는 오늘도 어제와갓치,

혼자 머리를 숙이고 쪼구리고잇서랑。

三八

가 을

쎄듯하고도 寂寞한가을、

맑지고도 엇득스럽은하늘、

힘이라곤 조곰도 업는듯한日光、

거울을 씨서노흔듯한水面。

바람결에 사랑과밉음을 노래하는

나무와나무、 그리하고 落葉과落葉。

혼자孤寂하게 남기운 내맘은

참말로 依支할곳도 업서지누나、

三九

저것 보아, 太陽좃차 혼자 떠러저、

구름뒤에 숨어서 호득여 울고잇다。

四〇

失 題。

즐겁은 아츰벗은 사람의우에 빗나며,

깃붐의 웃음은 사람의얼골에 잇서라,

모든것은 이리도곱게、이리도平和롭게

하느님의 주신길을 밟으며 지내가건만,

아 설어라、쥐여듯고 십허라,

나의사람이여、아아 그대여、

내맘에는 恨도업시 눈물지나니。

孤　寂。

바다에는　어름이　덥히고

大地는　눈속에　잠들어,

가이업는　나의　이「孤寂」은

依支할곳도　업서지고　말아라。

보라、　西녘하늘에는

눈섭갓튼　새빨간　半달이

슬어쩌들며、　새깜한밤이

헤매며　내리지안는가。

四季의 노래。

곱은생각가득한 나물광즈러를 넙혜 씨고

人生의 첫이슬에 발을 적시는 봄철의따님이여,

꼿을 픠우라는 곱은바람에. 그대의 보드랍은

가슴의 사랑의 꼿봉아리는 묫수 썰고잇서라。

밋칠듯한 悅樂에 몸과맘을 다넛고 뛰노는

黃昏의 쌔안닌졸음을 그립어하는 녀름의맘이여,

幸福의 酩酊、陰鬱의생각은 묫수 그대를 둘너싸고

꿋업는꿈으로 疲困한「人生」을 곱게하여라。

빗갈업게도 고개를 숙이고、 默想에 고요한가을이여、

冷落을 소군거리는 落葉의 비 노래가락은

들을것처、 넓다란 밤의 世界에도 빗겨들어、

꼿곳마다 「죽은맘」의 葬事에 한갓 분주하여라。

흰옷을 입고、 고요히 눕엇는 겨울의 쌔니쓰女神이여、

乾毒만 남고、 눈물흔적조차 업는 너의 눈가에는

아모리 읽어진愛人을 그립게 찾는빗틀 씌여서도

쓸데조차 업서라、 한째인사랑은 올길이 업서라。

漂

泊

漂泊의

쉿업는길에 떠도는

無名草에게

이詩를보내노라。

漂　泊。

첫　재

黃昏의 하늘가에
훗々할손 바람이러라、

흰눈을 둘녀싸는 밤은
희기도하고、 검기도하여다。

이러한쌔、 지내간 녯날의
곱다란故山의 어린쑴은

속절업시도 가이업게
몸을 에워싸며 울어라。

둘 재

山이면 넘어가고
바다면 건너가랴는
限定도업는 하늘에
나의 漂泊은 써서돌아랑。
西녁의 저便가에는
오늘도 새빩간 黃昏의 빗이
해매이며 넘으려 하여라。

셋 재。

아々 엇제랴、 나의맘은

하늘의 구름과도 갓하서

맘아닌 바람에 쏫기여、

東西南北에 定向이나 잇으랴。

쉬일틈이라곤 조곰도 업서랴。

넷 재

漂泊의 하늘가에

조각으로 씨도는몸은

落葉과도갓치、

구름과도갓치、

날니워도 가며

불니워도 가서

尖이 업서타、限이 업서랑

다섯재。

아々 설어라、 나의 孤寂이여、

내손을 내가 잡고 혼자 울만한

다사롭은 孤寂도 只今의내몸에는、

다 슬어지고、 孤寂도업는孤寂이

혼자서 남몰으게 흐득여 울어라。

여 섯 재

어둡은 밤하늘에는 반작이는 별,

흐름의 써도는몸에는 웃업는 憂愁。

모든것은 하나촛차 쓸메가 업서라、

목숨이 무엇이며,

사랑촛차 무엇이랴。

나는 혼자서 다만 것노라。

스
펭
쓰
의

설
음

悲痛의

廉想涉에게

이 詩를 모하보내노라

하 픔 論。

음즉할수도 업는 疲勞로 나오는하픔、

하소연하게도 읽어진 생각때문에 생기는하픔、

그다음에는 「사랑」을 파뭇는 보드랍은하픔、

人生이라는 무겁은짐에 눌니여 나오는하픔、

그러하고도 오히려 하픔이 또 잇다하면

그야말로 부체님의 한가롭은 하픔이러라。

五五

입.

온갓의 禍病은 입으로 들어가고、

온갓의 禍禍은 입에서 생겨라、

그러하다、나의 이입으로 울퍼진노래는

世紀끗헤 생기는 Malady(맬라듸)의 쓰린呻吟、

사랑의 死軆를 파뭇는 야릇한 숨소리러라。

아 츰 잠.

아츰을 지낸 白熱의녀름볏에
눈을 비비며 쌔기는 쌔엿으나,
나는 職業도업는 게으른녀석,
남은半日、오늘을 어이 보내며,
오라는來日을 몰나하노라。

붉 은 키 쓰。

첫가을의 해볏에 쌜갓케도 닉은

복송아빗과도 갓튼 따님의입살에

사람은 붉은키쓰의 무덤을 쌋코는

놉히나놉게 「忘却」의 碑石을 세워랑

歎息。

밉살스럽은 녀석이라며,

꿈에좃차 생각지안켓다고

굿게도 決心하는 그사이에

어느덧 그날의光景이 보입니다。

正말도 그때는 잘도 지내서。

맘에도 업는 녀석이라며,

다 니즌줄로 밋으며

아니, 아니, 웃는 그동안에

五九

어느덧 그 날의 설움이 또다시 생깁니당。

正말로 니출수는 바이업성。

새쌀간 피빗의 진달내쏫이 질때

새쌀간 피빗의 진달내쏫이 질때,

애닯은맘의 진달내쏫이 써러질때,

속을 복기게하는 저녁볏이 넘을때,

접으는봄에도 접은날이 저갈때,

村집의 燈불이 밝하게 빗을 노흘때

어이업서도 니의靈은 혼자 울고잇서라。

애닯기도 하여라

애닯기도 하여라、새빨간、새빨간
져녁의 볏은 넘으며 어둡으랼때、
아직도 沙漠을 것는 路駝의 설음、
무겁은짐에 허덕이는 人生의몸。

엇제면 沙漠이 그럽으며、
엇제면 무겁은짐이 즐겁으랴、
내몸은 이쎄문에 파리햇노라、
아々 오늘도 새빨간 져녁의볏。

六二

火印

푸시식、 푸시식 ……

여봅셔요、 愛人이여、

엇제면 남의가슴우에

이러케도 압흐고 쓸아리게

새발간火印을 눌너줍닛가?

한番 火印마즈면 곳칠수업는

永久한허물이 생기겟읍니다、

하야 언제나 그傷處가 혼자남아

철을쌀아 압흐게 되겟습니당

六三

푸시식、 푸시식………

여 봅셔요、 愛人이여、

사랑의 쓰겁은 키쓰의 甘酒에 醉한

당신의 가슴에는 動悸가 높습니다、

암만하여도 이 動悸를 곳처들이랴면

얘금하도록 火印을 눈너야

醉한것도 쌔여 精神이 둡니다、

그럿읍니다、 이 火印을 한番 마즈면

언제나 그 餘毒은 남아 생각나게됩니다。

달

오늘밤에도
고요히 외롭게도
갓튼길을 걸어 올나오는
달이여。

둥굴고 넓은하늘에는
그대의 거름이 멧番이 든고─
헐금하게도 역쏭난
그대의 얼골에는
(보아라、아직도 오히려)

倦怠의微笑가 떠돌고잇서라。

黃浦의 바다

나의아우

鴻樞에게

이詩를 보내노라

黃浦의 바다。

기나긴 진허리의길을 다 지낸뒤에는

외마대의 골작이되는 큰고리로 들어라,

그러고는 웃뚝섯는 놉흔嶺의 달바위재를

한거름、한거름 숨차게 올나서면은,

하얀ー바다、 넓기도 하여라、

이는 나의 故鄕의、 黃浦의바다!

失題

바람은 개바주틈에서 설게도 울며,

이름몰을 적은새가 실버드나무에서

꿈갓른 노래를 혼자쵸와 불을쌔、

압바다로는 고기를 낙시려、

뒷동산으로는 쑛을 썩그려

오가든 녯동무의 일어진얼골의

내 故鄕의 그립은 그봄날은 只今 어데로……

참 살 구

고소한 참살구씨라고
서로 앗겨가며 쪄먹든것이。
나종에는 두알밧께 안남앗을쌔에
이것은 심엇다가 種子를 하자고、
네살우되는 누이님이 나를 勸햇소。

살구씨를 심을지가 멧해나 되엿는지、
해마다 진달내쏫이 진뒤에는
그살구나무에 하얀쏫이 피게된지도 오래엿소。

七一

맛잇는 참쌀구라고
어린 同生들은 貴해하며,
해마다 늣즌보리가 닉엇을때에
그들은 種子하자는 말도 업시,
야단을하면서 番가라 싸먹소。

누이님이 돌아가신지 멧해나 되엿는지、
해마다 살구꼿이 진뒤에는
그무덤에 이름몰을꼿이 피게된지도 오래엿소。

하늘空中 놉게도 떠도는 제비의몸으로도

한째의 제철을딸아 넷깃을 차자오거든、

한가하게도 배소리가 들니는黃浦의 海岸、

잔되밧에는 꼿이픠고、솔밧엔 松花가 나는

프른하늘아레의 넷마을、낫녁은 내집을、

째외봄철、내가 엇지 니즐줄이 잇으랴。

꼿 의 목 슘。

잠간동안이러라,

가을져녁의 애탑은꼿이여。

목슘은 넘우도 쌀바라,

긴녀름날의 셜닉은쑴이여。

그러나、

明日을 몰으는꼿의 목슘에는 芳香이 숨엿고、

쌀봄의 셜닉은쑴속에는 幸福의密室이 잇서라

이 슬。

나의 생각가득한
다사코도 찬 이눈물방울,
밤마다 내리는 이슬방울이 되야
밤마다 밤마다、 나의사람아、 못이여、
너의 새빨간寢臺를 적서주라노라。
아츰黎明의 첫볏에 녹아진단들 엇제랴、
이슬의방울、 생각의눈물이여。

七五

鳳仙花。

새쌀간、새쌀간 피빗의꼿이여、

그윽하고도 가이업는 正午의

쓰겁은사랑때문에、

부스럽은듯시도 微笑을 씌우고

너는 머리를 숙이고 잇서라。

아아 새쌀간、새쌀간相思의꼿이여、

오늘하로도 어느덧 넘으려하여라。

初旬 달。

죽어가는 하롯날의 웃음과

생겨나는 하롯밤의 첨과의

어둠음도 밝음도 아닌

黃昏의 西녁하늘에、

쌀븐목슴과도 갓치

애닲은사랑과도 갓게、

한동안 쎠돌다가는 슬어지는

유
U字갓튼 새쌀간

初旬의 牛달이여。

눈 물

밝아오는 첫녁의 하늘에

슬어저가는 희미한 엿른 빛의

별보다도

아직도 오히려 핼금하게 빗갈도업게

히용업는 微笑를 쇠운

그대의 두눈속에 고인듯만듯하게 고인

그때의 그 눈물방울을、

나는 믓숙 멀게도 異域길가의

녀름밤의 별하늘을 혼자서 울어르며、

외롭게도 가슴에 그려보노랑

남기운 香내。

쩌러지기쉽은 「깃븜」의 쏫에는

쏫업는 「설음」의 香내가 숨어잇나니,

쏫은 넘우도 밋음성이 적고

香내는 넘우도 살틀하여라〔

가 는 봄.

어린맘아,
五月의 밤하늘에는 슬어저가는 별,
가는봄철의 저녁에는 떠러지는 곳,
오々 그러나 이를 엇제랴。

어린맘아,
봄날의 곳과함씌, 밤하늘의 별과함씌,
고요하게도 남몰으게 넘어가는 靑春을
오々 그러나 이를 엇제랴。

九八

椰子의 꿈

椰子나무의

나의 이몸에도 봄의꿈은 피여라、

오々 그러나 몸은 바다가의 椰子꿈、

날이 지내、 너어서 써러만지면

바다는 限도업시 넓고깁허라。

죽 음

죽음이란 잠일가,

꿈도 업는 새캄한 잠일가?

그렷치 안으면 꿈일가,

색캄한 잠속에 생기는 밝은 꿈일가?

우리들은 그것을 몰은다, 알수가 업다.

그러기에 죽음이란다.

그것이 죽음이란다.

언제 오 서 요

언제 오서요, 내사람아,
언제 오서요, 내님이여·
넓은 어둡고 바람은 붑니다.
이番 가시면 언제 오서요

언제 오서요, 내사람아,
來日 오서요, 내님이여,
바람은 불고 해는 집니다,
이番 가시면 다시는 못오서요

牛月島

平壤의

金東仁에게

이詩들보내노라。

밤의 大同江 가에서.

나의 발가에서
적은 노래를 노흐며 흘너가는
大同江의 밤의 고요한 물은,
흘너가는때와도 갓치、 소리업서라。

江우에 써도는 燈불의
붉게도 희미도、 프르게도 빗나는
노리배의 醉한손의 뒤설네는소리는
疲困한 妓女의 無心한愁心歌와함쇠 빗겨들네랑

八七

치여다보면 우에는 엇둑하게도 검은하늘,

내려다보면 아레엔 희게도 번듯이는江물,

밤은 나의우에도 잇스며, 아레에도 잇서,

온갓世上의 갓갑은賤俗만이 멀어지여랏

八八

江 가 에 서。

십버드나무가지에 새눈이 돋아나오며,
해적해적 웃으며 흘으는 江물에 쓰치우는
江두련에는 새봄의 氣運이 안개갓치 어리울쌔、
「나를 생각하라」고 그대는 소삭이고갓서라。

넘어가는 새쌀간 피빗의 저녁노을이
늣저가는 小女의 나무광즈리에서 웃으며、
꿈을 일흔늙은이의 가슴을 덥허빗최일쌔、
「나를 생각하라」고 그대는 소삭이고 갓서라。

樂調의 곱은꿈길이 두番 보드랍은바람을 딸아

저멀너、 먼바다를 건너 새芳香을 놋는 이쌔、

「나를 생각하라」신 그대는 찻기좃차 바이업서라○

밤이면 밤마다、날이면 날마다、노래부르며、

물결의記憶이 흰모래밧을 숨여드는 이쌔、

「나를 생각하라」신 그대는 찻기좃차 바이업서라○

記憶은 죽지도 안는가

얼을 뽑아내는 樂悅의

썩 깁흔 樂曲에도 오히려 「외롭음」은

쉬지안코 삼가는 발소리로 머리속을 오가나니,

아々 이는 그대를 일흔 넷調記린가。

문득스럽게도 생겨난 사랑과 깃븜의

문득스럽게도 자최도업시 슬어저 업서진,

바람결에 흣차다니는, 그 記憶의 曲調는

째의 봄절, 흘으는 江물과도 갓게,

아양스럽게도、 애차릅게도 살들하게도

또다시 지내잔「맘」을 붓잡고 호득이나니.

아々이는 그대를 일흔 넷曲調런가。

만일에 이曲調를 설은記憶이라면

설은記憶의曲調는 죽을줄도 몰으는가。

내世上은 물이런가 구름이런가

혼자서 綾羅島의 물가두던에 눕엇노라면

흰물결은 물소리와함쒜 구비〜 흘너내리며,

저멀니 맑은하늘의 끗업는 저곳에는

흰구름이 고요도하게 무리〜 써돌아랑

물결와갓치 자최도업시 슬어지는맘,

구름파갓치 한가도하게 써도는생각.

그러면 나는 너르노니,

내 世上은 물이던가, 구름이던가

三月에도 삼질날。

닙픠고 못열니라는 쌔가 되거든
못의서울、歡樂의平壤을 닛지말아라、
잔々한大同江우에는 써노는 기러기、
綾羅島에는 새엄을 돗치는 실버드나무의。

보아라、牧丹峰가의 소나무아레에는
삼가는듯시 소군거리는 牧丹못갓흔말이
愛人과愛人의 입살로 숨여 헤매지안는가

오늘은 三月에도 첫삼질날

江南의 제비도 녯깃을 안녓고 오는날,

愛人의 첫삽질은 人世뿐만이 안이여。

(보아라、 空中에도 써도는愛人의 첫삽질!)

記　憶。

그러하다、人生은 記憶、記憶은 殘灰의

쓸데도업는 지내간꿈은 只今와서

나의 불서럽은 이몸을 붓잡고

이러도 괴롭히며、이러도 압흐게하여라。

그러하나、只今 나의 이몸에 매달녀、

그윽하게도 삼가는듯하게도

저、지내간 녯날의 한쩨의꿈은

흐득여 울으며、나다려 돌아가라 하여라。

그러면 나는 니르노니,

人生은쑴、 쑴은 忘却의바다에서

슬어저 자최좃차 업서질 그것이라고、

가을지고、 겨울와서 해좃차 박귀는째의。

別　後。

그대의　흐득여　우는소리에　쌀아나오는

무겁은　그말은　너즐수가　바이업서,

셜게도　외롭게　빗겨울기는　하여라,

아々　그러나　나는　아노라,─

그대는　벌서　나를　넛고잇서라,

하로날의　길거리에　햘금하여진黃昏의

빗갈도업는　수풀속에서　녯깃을　차즈며,

아득이며　도는小鳥와갓치　맘이　복기기는　하여라,

아々　그러나　나는　아노라,─

그대는 벌서 나를 닛고잇서라。

只今그대는 내것을 써나 잇지안으매、

그대의 무겁은말만이 가슴에 숨여들어

지내간날의 넷曲調가 노래하기는 하여라、

아々 그러나 나는 아노라、ー

그대는 벌서 나를 닛고잇서라。

가　을。

그저　가을만은

돌아가신　넷님의생각처럼、

살틀하게　가슴속에　숨여들어라。

멋수이야　야릇하게도　웃음을　띈눈이나

햏금하게　파리한　가이　도업는　그얼골과、

하얏케도　病的의　연약한　손가락이나마、

그나마　다　넛기워지고、　남은것이란

살틀하게도　넛지못할　달금한　생각뿐。

살들을 하게도 못니즐 그 생각만은

엽서저 다한 녯꿈을 쏫는듯시도、

날카롭은 「뉘웃츰」의 하얀빗과

어득하게도 모혀드는 「외롭음」을

하소연한 맘속에 부어 노흘뿐。

그저 가을만은

가신님의 녯생각처럼、

못닛게도 가슴속에 숨여들어라。

低
落
된
눈
물

넷마을의

P · R · S 에게

이 詩를 보내노라.

설 은 喜 劇。

꼴매싹은 사거라、

그러나、

꼴패질은 말아라、

—法律은 이럿케　定하엿서랑。

안해은 돈으로 사거라、

그러나、

게집은 돈으로 사지말아라、

—道德은 이럿케　말하엿서랑。

祈　禱。

求하면　주지못할것이　업는「宇宙」의著者시여、

八을八倍하면　八十八되게하시는　全能者시여、

어제　이罪人이　쟝에　갓다가、「友情」이란怪物을

술한잔으로　사서　罪人의所有를　만들엇습니다、

만은　오늘은　술한잔이　업서　그것을　일헛습니다。

엇지나　罪人의맘이　설고　서오하겟습닛가―

간절히　비옵나니、　일허진「友情」이란　그怪物을

아모조록　다시　차자서　罪人의것을　만들어줍소서。

求하면　주지못할것이　업는「宇宙」의著者시여。

一〇六

低落 된 눈 물。

林檎과 사랑을 混同하는
솜씨 좃케 料理를 만드는 愛人은、
林檎알을 벳겨 조가조가 나호든솜씨로、
한그릇밧게 안되는 「사랑의料理」를
골고롭게도 솜씨잇게 난호아서는
곱은노래가락에 微笑을 쇠우며、
여러사람의압헤 노힌 잿食卓우에
한그릇식 한그릇식 내여노핫습니다。

여러사람들이 그 料理를 먹엇을째부터

모든 것은 一變하야 地球는 쓸데업시 돌아가게되며、

以前에는 한방울이 聖者의 말과갓튼

그만큼한 價値가 잇든눈물이 갑작히 落低되야、

그때부터는 눈물한방울에 五錢도 못가게 되엿읍니다。

悲劇의 序曲。

여봅서요, 엇재 나를 싹 씨안앗느냐고 말슴입넛가?

내가 그대를 싹 씨여안기는 美쌔문이 엿읍니다、

(그대의 그 美을 쌔앗고 십헛읍니다)

만은 그 美는 逃亡가고 그대의 肉體만 남앗읍니다。

여봅서요、 엇재 내얼골을 쓸어지도록 보느냐고 말슴입넛가?

내가 그대의얼골을 쓸어지도록 보기는 微笑쌔문이 엿읍니다、

(그대의 그 微笑을 가지고 십헛읍니다)

만은 그 微笑는 쓸어지고 그대의 입살만 남앗읍니다。

여봅서요, 엇재 내잠을 깨왓느냐고 말슴입닛가?

내가 그대의잠을 깨우기는 꿈째문이엿읍니다、

(그대의 그쑴을 쌔앗고 십헛읍니다)

만은 그쑴은 간곳업고 그대의잠만 깨엿읍니다。

여봅서요、엇재 貪스럽게 나를 보느냐고 말슴입닛가?

내가 도적이 안닌것은 알지요、만은

貪나는것이 하나잇서서 참을수가 업읍니다、

제발、내게다 그대의맘을 부내에 너허 내여줍시요。

友　情。

사랑은 첩은봄날의 꼿보다도 가이업고、

友情은 술잔에서 술잔으로 써돌아가며

거줏의 울음과 갑업는 웃음을 흘니다가는

어리운 담뱃내보다도 더 쉽게 슬어지나니、

다음에 남는설음이야 限이나 잇으랴。

사람아、氣運잇게 人生의길을 밟는우리의

맘과맘과는 한番춧차 마즌적이 업서라、

그리면、늣즌봄날의 꼿도 지는 이저녁에

나는 써둘아가는 술잔을 입에 대이고

友情가득한 그대의얼굴을 혼자 보며 웃노랑

一一二

탈 춤.

여러분, 삶음의 즐거움을 맛보려거든,

「道德」의 禮服과 「法律」의 갓을 妙하게 쓰고

다 이곳으로 들어옵시요、이곳은

人生의 「利己」탈춤會場입니다.

춤을 잘 추어야합니다、설들어 넘어지면

運命이라는놈의 陷穽에 들어갑니다、

하면 「幸福의名簿」에서는 이름을 어이며、

다시는 入場券인人生權을 엇지못합니다。

人生은 쌀고 춤추는時間은 겁니다、

한分만 읽으면、한分만큼한 幸福의춤이

업서지게 됩니다、善은 쌜니해야합니다。

자、그러면 쌜니 춥시다、춧타 춧타、얼시구………………

黃昏의 薔薇

東京의

金廷湜에게

이 詩를 보내노라。

失 題。

내귀가 님의 노래가락에 잡혓을째에

그대가 꼽은노래를 내귀에 보내엿읍니다、

만은 조곰도 그노래는 들니지안앗읍니다。

내눈이 님의맘의 꼿밧에서 노닐째에

그대가 그대의 맘의꼿밧으로 오라고 하엿습니다、

만은 조곰도 그맘의꼿밧은 보이지안습니다。

내입이 님의 보드랍은입살과 마조칠째에

그대가 그대의 보드랍은입살로 불녓슴니다、

一一七

만은 조곰도 그 입살은 다치여지지 안앗읍니다。

내코가 님의숨여나는香내에 醉하얏을째에
그대가 그대의 숨여나는 香내를 보내엿읍니다、
만은 조곰도 그香내는 맛타지지 안앗읍니다。

내꿈이 님의 무릅우에서 고요하엿을째에
그대가 그대의 무릅우으로 내꿈을 불넛읍니다、
만은 조곰도 그꿈은 째지를 못하엿읍니다。

只今 내맘이 쌔여 두번 그대를 차즐째에는
찻는그대는 간곳이 업고 님만 남아잇읍니다、
아〃 이럿케 나의 살님은 밤낫으로 너여짓읍니다!

사 랑 의 쎄

첫 재。

어제는 자최도업시 흘너갓슴니다,

래일도 그저 왓다가 그저 갈 것입니다,

그러고、다른날도 그 모양으로 가겟지요,

그러면、내사람아、오늘만을 생각할가요。

즐겁은쎄를 앗씨지 안아야합니다。

곱은웃음도 잠간동안의 쏫이지요。

쎄는 한동안 깃븜의 쏫을 픠웟다 가는

二一九

물으는동안에 그씨을 가지고 갑니다、

곱고도 섧건만은 씨의힘을 엇지합닛가、

그러면、 내사람아、오늘만을 생각할가요。

즐겁은씨를 앗씨지 안아야합니다、

곱은웃음도 잠간동안의 씨이지요。

둘 재。

물은 발낫으로 흘너내리고

山은 刻々으로 문허집니다、

世上의 곱다는 온갓것들은

나날이 달나가며 슬어집니다。

그러면、 내사람아、 우리는

사랑과함쎄 춤을 출가요。

아름답은 이世上의사랑에

몹쓸째가 설음의種子를 쑤럽니다、

이種子의엄을 따서 노래부르면

도로혀 사랑을 몰으든 넷날이 그립습니다。

그러면、 내사람아、 우리는

사랑도 그만두고 말가요。

때

째의 흐름으로 하야금
흐르는 그대로 흐르게 하여라,
激動도 식히지 말으며,
쪼한 抗拒도 말고
그저 느리게、 제맘에 맛겨
사람의 일되는
설음의 골작이로 숨여흘너
깃븜의 山기슭을 여돌아、
넙다란 虛無외 바다속으로
소리도업시 고요히 흘으게 하여라。

그려하고 언제나

제맘대로 흘너가는 「쩨」 그 自身으로 하야금

너의압흘 지내게 하여라。

죽 은 記憶.

언제나 어둡은그늘속에서

쪼구리고 안자선 머리를 숙이고

고요도하게 하욤업는생각에 잠겻는

넷날의 서럽은記憶。

좀도적놈처럼 삼가는발거틈으로

삼싹 와서는 잠잣한 맘우에

지내간 그날의몬지와 바람을

너르커놋코는 살싹 업서지는記憶。

오늘도 해는 넘어, 갓갑어오는 어둠음와

넓다란하늘에 별눈이 하나둘 열닐쎄,

어둑스럽은 흐릿한 맘의구석에서

혼자서 삼싹삼싹 걸어오는 그記憶。

갓다가는 오고、왓다가는 가는、

(이럿케 해를 멧番이나 거듭햇노!)

머나먼 생각촛차 할수업는 넷꿈의

서럽은 記憶의記憶!

落 葉。

산산한게、 몸이웃삭 떨니징。

只今 追憶만흔 우리의동산은

달빗에 빗최여 銀色에 싸혓다

자、 내사람아、 동산으로 가장。

갈바람은 술솔 숨여들지。

나무닙의비가 내려붓는다、

가만히 귀를 기울이고 잇으면

어린꿈의 깨여지는소리가 들니징。

옷을 새빨핫케 벗기운 포프라는

바람결이 획하고 지낼째마다

검은구름이 덥힌하늘을 向하고

아직도 오히려 새봄을 빌고잇다。

오오、 내사람아、 갓싸히 오렴、

只今은 가을、 흐터지는째

흐터지는落葉의 우리의 소리를 듯자、

明日이면 눈도 와서 덥히겟다。

가을을 만난 우리의사랑。

겨울을 마즐 우리의꿈、

一二七

熱情이나 식기前에 덥은키쓰로

오늘의 이밤을 새와보장

田園의 黃昏。

집이면 집마다 써올으는 烟氣,

西녁하늘에는 곱게도 물들인 붉은구름,

空中으로 올나서는 해매며 슬어질때,

나무가지에서는 비듥기가 울고잇서라。

안개는 숩속에서 생기는듯시 숨이여서는

조는듯 고요하늡은 넓은들을 덥호며,

어둡어가는 밤속에서 새꿈을 매즈랴는

村落에는 들버레소리가 어즈럽어라。

이러하야 헬금한 뭉굴은달이

하욤업는困疲의 거듬을 너을쎄,

나무아레에는 是非도업는 農人의間談、

저山기슭의 敎會堂에서는 찬송의노래、

집허만 가는밤에는 이것밧게

아모것도 둘님업시 고요하여라。

喪 失。

가을의

샛맑한 하늘에

한조각의 검은구름이

무슨일이나 생긴듯시,

써다가는 슬어지고

슬어젓다가는 쓰고는 한당

고요한 나의 맘바다외

고요한 한복판에는

이름몰을 무엇이

무슨일이나 생긴듯시,

구슬프게도 다만 혼자서

잔물살을 네이고잇다。

一三一

봄 은 와 서

봄은 와서,
窓압헤 뜰에는 소살거리는 병아리소리,
門압헤 밧에는 재갈거리는 아희들소리,
집뒤의 山에는 벙벙하는 휘루티소리,
먼山에는 아즈랑이가 보이하여라。

봄은 와서,
돌ㅅ흘으는 냇물의소리,
철석거리는 쌀내의마치소리,
살ㅅ부는 보드랍은바람소리,

하늘에는 다사한해가 떠서라。

六月의 낫잠.

六月의 뜨겁은 낫볏은

남김업시 밝을쌔、

감기여오는 눈에는

프른하늘이 오락가락하여라。

수풀밧의 버레소리는

희미도하게 들니며

말업는쌔는 가기만하야

낫잠은 쏫업시 깁허지어랑。

北邦의 小女 （附錄）

北邦의 따 님。

맑은물결 흘너드는黃浦의

고요한 바다가에 목슴을 밧아,

프른언덕의 어린풀님아레서

남물으게 나는 자라난 따님이노랑

써도는갈매기의 놉게도 노래하는

놉핫다 나찻다 몰결치는 벼량가의

바람에 나붓기는海棠花의香옷아레서

어린움을 혼자 쌀고 놉엇든따님이엿노랑

一三七

빗나든　새벽별이　이즈러지며、

첫봄철의　아츰벗이　곱게　빗날째、

돗아나는　잔풀밧의　첫이슬을　밟으며

어린나물과　픠여나는곳도　뜻엇노라。

것흔曲調를　番가라　바亽아　부르며

羊인듯　무리지어　다니는　흰돗의배를

이른아츰　느즌저녁에　혼자　보면서

즐겁은　내녀름을　꿈으로　보내엿노랑

아름답은世上의　아름답은가슴에는

아름답은싸님의　설음도　숨어잇서랑

고요한 늣즌가을의 落葉을 밟으며

동무찻는 내노래야 설지안으랴。

애닯기도 하여라 北邦의겨울이여、

바다는 얼어붓허 물결이 쓴기고

흰눈은 내려 프른풀밧을 덥허서

한때한철의 즐겁음은 자최좃차 업서라

목숨은 쌀브나 사랑은 길어라、

흰옷에 검은머리 느틔운 나의이몸은

언제발서 이世上의 아름답은사랑에

얄밉게도 목숨과맘을 밧치고 맛앗서라。

一三九

사람아、누가　곱은싸님의　가슴을　알으랴、

살기도　사랑으로　죽기도　사랑으로、

첨과옷을　한길갓튼　사랑의목숨에

매달니여　죽으랴는　참맘을　누가　알으랴。

사람아、누가　꿈에나마　알수　잇으랴、

하늘눈을　울니여　눈물짓는　사나희의

흘으는맘은　쌔쌔마다　달나지지　안는가、

아아　밋지말아라。사랑을　말아라。

타든하늘은　갑작히도　흘이여、

쏫도아닌　소낙비는　쌍를　덥게되여라、

아아 따님아、 웃으면서 우는따님아、

맑은하늘인 맘을 밋으랴고 말아라。

넘어가는 져녁볏이 구름을 붉히는

가을의 소군거리는 바람이 하소연할때、

南녁서울로 멀니 떠난 나의벗에게

얼마나 고요케도 나의꿈을 보냇노。

어데나 한길갓치 싸힌 흰눈에

永久의 깁히 잠든 맘의그믐밤、

생각은 잇서 비록 날아간다 하여도

아々 北邦의외롭은따님의 가슴이야 엇제랴。

생각에서 생각으로 빗기여나는

쓰겁고도 곱다란 曲調는 잇으나

그것을 그려내일말과 글은 업서,

내가슴의 曲調에 울어줄 反響은 바이업서랑

맑은물결 흘너드는 黃浦의

고요한 바다가에 목슴을밧아,

프른언덕의 어린풀닙아레서

남모르게 나는 자라난 짜님이노랑

流浪의 노래。

흐름에 따라돈다 따곳에서 따곳에

구름길 자최업다 쩌도는 외손、

갈바람 살々분어 버레소리 애탄다、

생각은 꿋이업다 오늘과 來日。

바람에 쎨아돈다 가람에서 뭇으로

뷘들은 쓸々하다 흘몸의 외손、

먼압길 해는넘어 鍾소리가 들닌다、

생각은 꿋이업다 아츰과 져녁。

一四三

흘름에 쌀아돈다 따웃에서 따웃에

하늘에 별빗난다 쩌도는 외손、

풀밧에 꿈을폐매 이世上은 쓸사타

생각은 웃이업다 긴밤과 대낫。

바람에 쌀아돈다 가람에서 뭇으로

몸하나 바램업다 홀놈의 외손、

죽으면 남음업서 쌔바퀴는 쌔르다、

생각은 웃이업다 죽음과 살음。

난 홈 의 노래。

이우엔 제運命의 支配를 쌀아
업서진 過去꿈을 좃츠려 말고
맘한바 새生涯에 새길 잡으라,
限업는 먼압길에 난홈은 설다。

이우엔 제運命의 支配를 쌀아
애닯은 눈물만을 흘녀려 말고
가슴과 가슴맺자 압길 걸으랴,
限업는 먼압길에 난홈은 설다。

이우엔 제運命의 支配를 쌀아

앗기는 소매노라 쌔는 흘으매

난흠아 져녁벗에 녯날 어데랴、

限업는 먼압길에 난흠은 설다。

이우엔 제運命의 支配를 쌀아

라인은 프름하라 쌔는 흐르매

만남아 어느便가 다시 잇으랴、

限업는 먼압길에 난흠은 설다。

註。라인은라인江

亡 友。

그대는 암만해도 올길업서라,

그대는 암만해도 돌아가섯나、

그대는 몸이죽어 올길업서라、

그대는 고요하게 돌아가섯다。

그대의 덥게타든 가슴의생각、

그대의 희멀금한 病色의얼골、

只今은 슬어지어 듯기어렵고、

只今은 깁히뭇처 볼길업서라。

흘여도 다치안는 두눈의눈물,

돌바도 다치안는 넷날의생각

그대는 그러나마 잇지안으매、

그대는 그러나마 알지못하매。

물갓치 쎄바퀴는 흘너가는데、

물갓치 새상맘은 니저가는데、

그대여、깁흔잠에 고요하여라、

하늘아、그의靈에 은혜하여라。

三年의 녯날。

봄철의 아즈렁이 씨여올을때
녯프든 어린풀을 함쇠밟으며
달금한 첫사랑에 몸을니슴도
어느덧 해를모하 三年이러랑。

아카시아아레의 그대무릅에
누어선 꼿업는꿈 길이매즈며
내世上의웃음을 서로밧꿈도
어느덧 해를모하 三年이러라。

一四九

해벗에 낫을붉힌 내리는落葉

함쇠안자넷 記憶을 속에 그리며

사랑의 가을날을 섭어한것도

어느덧 해를모하 三年이더라。

쌔아닌 가을바람 멍에하야서

애탑게도 離別을 맘압하며

쯧期約의 만남을 소삭인것도

어느덧 해를모하 三年이러라。

파리한 그대얼골 꿈에보고는

異鄕의 겨울밤을 안자새우며

流離의 쓰린몸을 탄식한것도

어느멋 해를모하 三年이러라。

무 덤

쇼른못이야 곱건말건

붓는눈물이야 덥건말건

깁히도 자는이의 가슴에야

늣길줄이나마 잇으랴。

하늘빗이야 밝건말건

돗는해야 다사컨말건

곱게도 잠뜬이의가슴에야

이런생각이나마 잇으랴。

가신이가 참잣게 누엇고

가랴는이 쏘한 몰으거니、

무덤에서 숨여흘으는

꼽다란설음만 네나 이제나。

잇다는、 산다는 모든것들은

한길갓치 그대의팔에 안기여

봄、 녀름、 가을、 겨울의 철마다

憤怒와 즐겁음도업시 잠々하리。

벗이여、 절몸에 뛰노는벗이여、

울다 남은눈물이 아직도 남앗는가、

只 수 째는 째를쌀아 어둡어지어,

늙음의 져녁은 차차 갓갑어 오나닝

봄의 仙女。

것길줄 몰으는 灰色의

김흔안개에 잠겼는、

뜨는 벗도업는 호리움의

그윽한 陰欝의날에、

내를 픠우며 먼未知의나라로

오는 잣수레의 굴으는소리에

하늘은 울으며 썽은 흔들니여

가만히 프른길이 지여질쌔、

아름다운 벗과 곱은꿈은

흐득이는 噴水의 맑은것혜、

널뛰는 샘밧에서 헤매이며

어린羊은 옌神과 함떠 놀아라。

뼈소리의 긴 빗기움에

다사한맘을 다갓치 모하、

밭가에 업대여 소군거리나니、ㅡ

봄의 仙女、平和의 님이여。

聲　樂。

울니여나는　樂聲의

느러고도　짜른

애닯은 曲調에

나의 슬어진 녯꿈은

그윽하게 살아

내가슴 압하라。

설음가득한 樂聲의

빠르고도 더진

애닯은 曲調에

一五七

뒤숭숭한 그 생각은

고요하게 와서

내눈물 흘너라。

가슴울니는 樂聲의

넓달코도 좁은

애닲은 曲調에

슬어저가는 내靈은

새롭게 눈쓰며

그윽히 웃어라。

숨여흘으는 樂聲의

놉달코도 나즌

애닯은 曲調에

프른 慰安의 바람이

한가롭게 불며

거리를 돌아라

나의 理想。

그대는 먼곳에서 반듯거리는

내길을 밝혀주는 외롭은 빛,

한줄기의 적은빛을 그저 딸으며

미욱스럽게도 나는 걸어가노랑。

그대가 잇기에 쉬임도 업고

그대가 잇기에 바램도 잇나니、

아々 나는 그대에게 매달니여

설믈가득한 내世上에서 허덕이노랑

나는 아노라, 그대의곳에는

목숨의호름이 문의곱은물결을 짓는

아름답은 봄날의 못밧속에서

和平의꿈이 웃음으로 매자짐을.

나의발은 疲困에 거듭된 疲困、

나의가슴에는 가득한 새쌈한 어듬음!

아々 그대 곳 업다면、 나의몸이야

엇더케 결으며 엇더케 살으랴。

아々 애닯아라、 그대의곳은

限업도업는 머나먼 地平線끗ㅣ

一六一

그러나、나는 그저 겯으라 노라、

눈먼새 의동무를 쌀아가듯시。

（옷）

大正十二年六月廿五日印刷
大正十二年六月三十日發行

版權所有

著作兼
發行者
京城府淸進洞九十九番地
金　億

印刷人
京城府公平洞五十五番地
沈　禹　澤

印刷所
京城府公平洞五十五番地
大東印刷株式會社

發行所
京城府堅志洞六十番地
朝鮮圖書株式會社
電話光化門一七七番
振替京城八二五五番

CLASSICO

Part of Cow & Bridge Publishing Co.
Web site : www.cafe.naver.com/sowadari
3ga-302, 6-21, 40th St., Guwolro, Namgu, Incheon, #402-848 South Korea
Telephone 0505-719-7787 Facsimile 0505-719-7788 Email sowadari@naver.com

초판본 해파리의 노래 1923년 오리지널 디자인

지은이 김억 | **디자인** Edward Evans Graphic Centre
1판 1쇄 2016년 12월 25일 | **발행인** 김동근 | **발행처** 도서출판 소와다리
주소 인천시 남구 구월로 40번길 6-21 제302호
대표전화 0505-719-7787 | **팩스** 0505-719-7788 | **출판등록** 제2011-000015호
이메일 sowadari@naver.com
ISBN 978-89-98046-78-1 (04810)